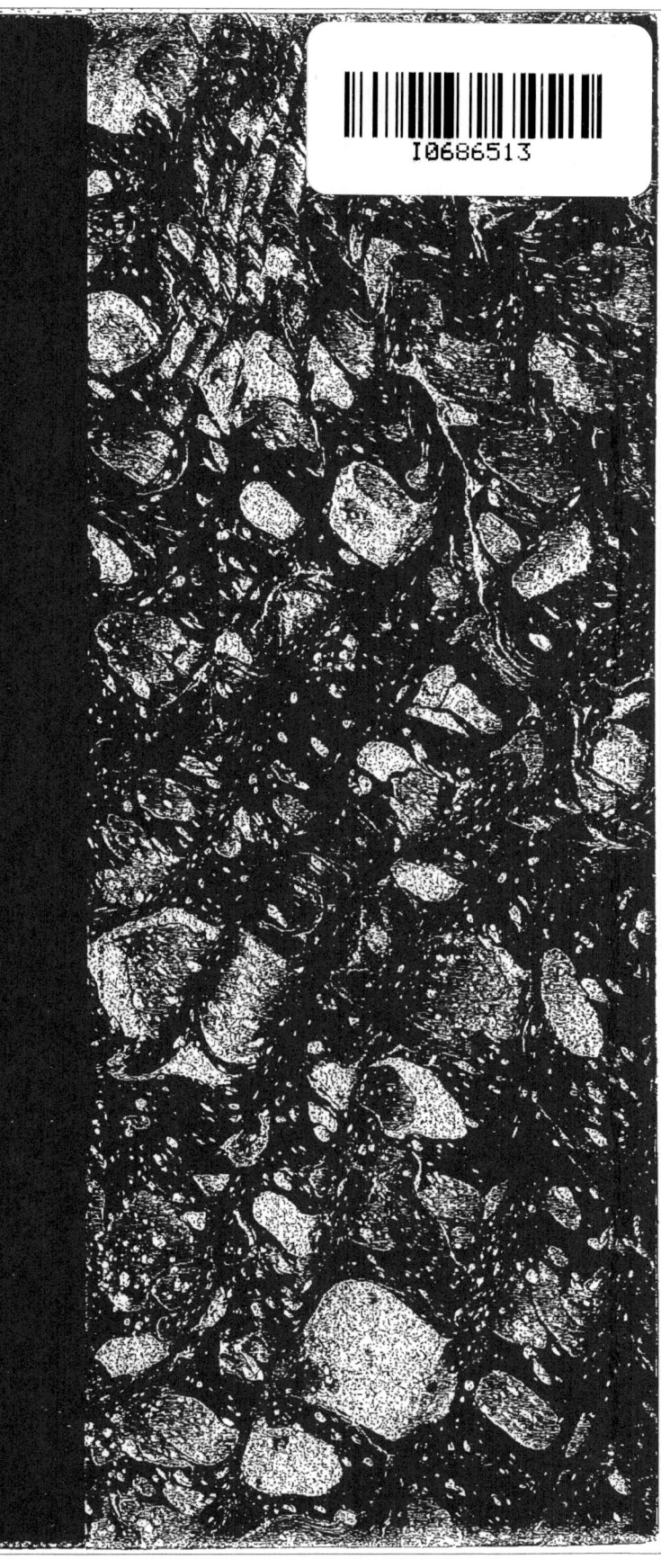

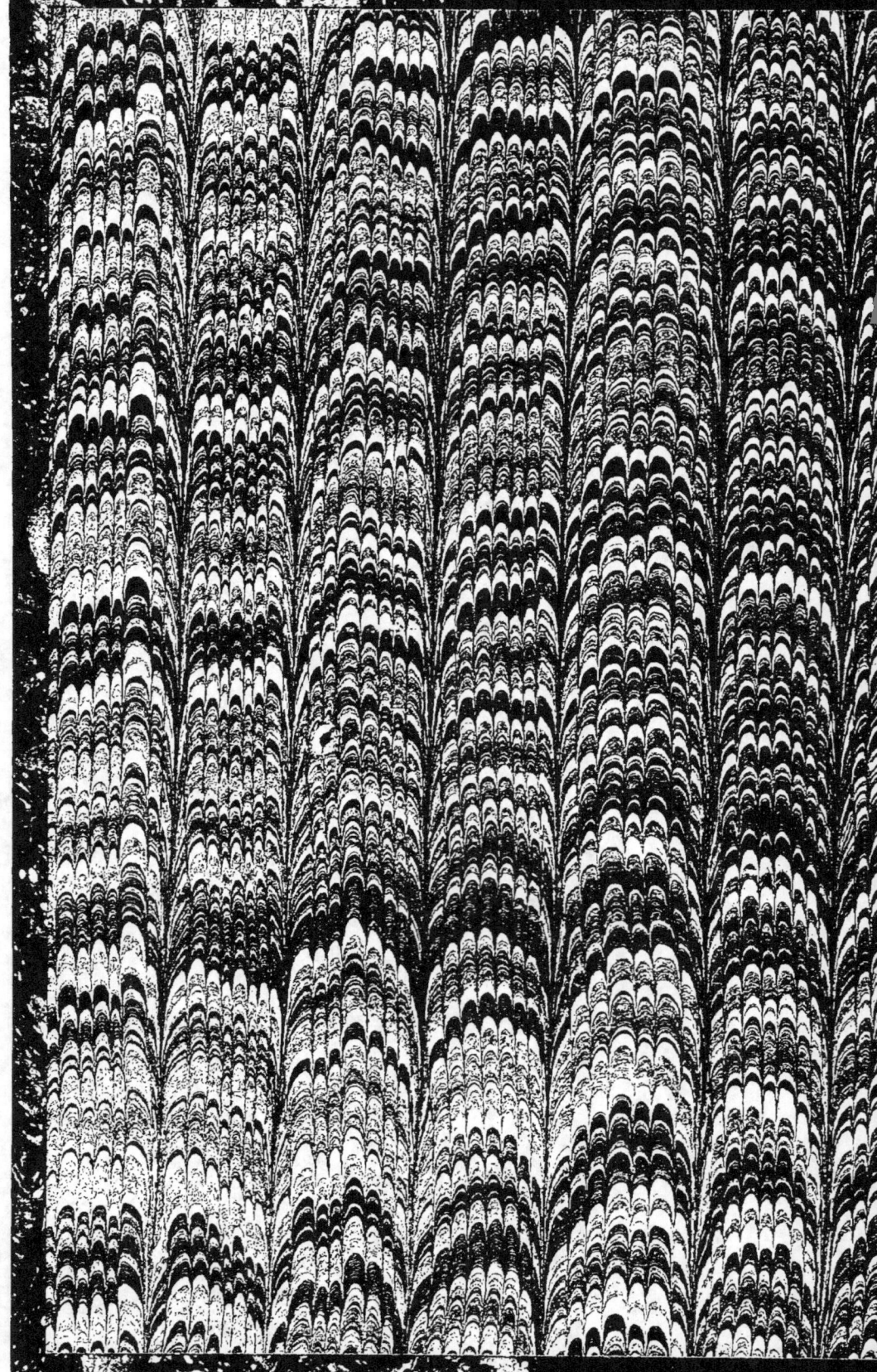

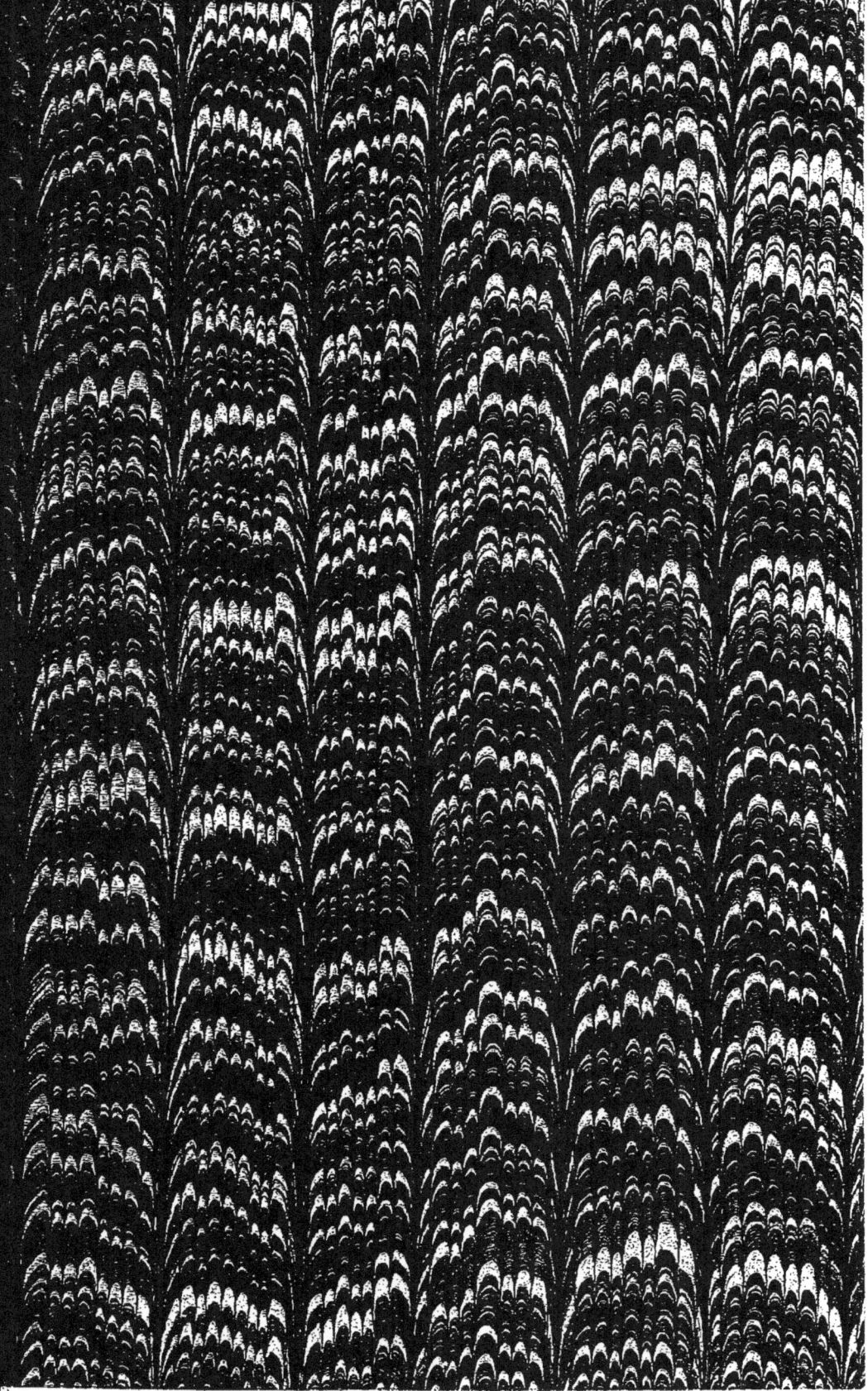

LES FUNÉRAILLES

DU

NATURALISME

CONFÉRENCES PUBLIQUES

PAR

Léon BLOY

SÉANCE PRÉLIMINAIRE
donnée au Sprogforening le 20 mars 1891

COPENHAGUE

G. E. C. GAD, LIBRAIRE DE L'UNIVERSITÉ

1891

LES FUNÉRAILLES

DU

NATURALISME

CONFÉRENCES PUBLIQUES

PAR

Léon BLOY

SÉANCE PRÉLIMINAIRE
donnée au Sprogforening le 20 mars 1891

COPENHAGUE

G. E. C. GAD, LIBRAIRE DE L'UNIVERSITÉ

1891

Imprimerie de NIELSEN & LYDICHE

Mesdames, Messieurs,

Je tiens, avant tout, à vous remercier, à vous rendre grâces du fond du cœur, pour la peine que vous avez prise de venir en aussi grand nombre.

Avant d'arriver en Danemark où je viens, pour la première fois, de mettre les pieds, je savais que les Français y sont toujours bienvenus et que je n'avais rien à craindre, — sinon de paraître indigne de votre exquise hospitalité.

Les Danois ont, en Europe, une excellente renommée. On vante, à peu près partout, leur douceur, leur politesse extrême et surtout l'étonnante culture de leur esprit...

Je n'ai jamais passé pour un flatteur, ah! non, certes! Je suis même regardé à Paris comme une sorte de monstre, capable tout au plus de vociférer des malédictions ou des injures contre l'humanité tout entière.

Dans quelques instants, — si votre patience ne se lasse pas, — je vous dirai, moi-même, avec la plus grande simplicité, ce qui m'a valu cette agréable réputation.

1*

Par conséquent, je ne puis être bien suspect en avouant ma surprise de me trouver dans un pays où tout le monde paraît savoir quelque chose, où chacun travaille de son cerveau, où tant de personnes enfin s'intéressent jusqu'à l'enthousiasme au mouvement intellectuel chez les autres peuples.

Sans doute, il peut vous sembler naturel d'être une nation si cultivée, si généreusement acheminée dans toutes les voies de l'intelligence; mais je vous assure que c'est un véritable sujet d'étonnement, et même d'envie, pour un Français du Midi tel que celui qui vous parle en cet instant.

*

La France est incontestablement un grand et puissant empire, malgré sa république, ses avanies et sa déchéance actuelles.

Mais, il faut bien le dire, elle a trop compté sur sa gloire, sur l'éblouissante richesse de son sol, sur la constance de sa fortune, sur la fidélité du destin.

Accoutumée aux prodiges et aux conquêtes, enorgueillie, jusqu'à la pléthore, de cette mystérieuse prépondérance qui donnerait à penser qu'elle est vraiment l'élue du Très Haut pour dominer un jour l'univers, — cette nation glorieuse et privilégiée a vraiment trop oublié qu'elle avait le devoir de se secourir elle même et vous savez quelles effroyables catastrophes ont été le salaire de sa présomption.

Comme tant d'autres hélas! qui n'en sont pas revenus, j'ai pris part à cette guerre fameuse, inexpiable, où les marcassins de l'Allemagne foulèrent aux pieds la plus généreuse contrée de l'Occident.

Ce n'est pas ici le lieu et cet entretien ne saurait être l'occasion d'évoquer de tels souvenirs. . .

Mais le Danemark n'a-t-il pas enduré la même disgrâce, sans l'avoir autant méritée, peut-être, et cette communauté de douleurs, ce partage d'agonies et d'inexprimables deuils, ne doit-il pas naturellement établir entre les deux peuples un courant de sympathies très-profondes?

Je veux aller plus loin encore. N'est-il pas permis de supposer que la France a expié, en 1870, l'indifférence cruelle de sa politique et qu'elle n'a perdu deux de ses plus belles provinces qu'en châtiment d'avoir manqué, — six années plutôt — à sa mission providentielle de libératrice des opprimés?. . .

*

L'un de vous, Messieurs, me disait, il y a trois jours, que le Danemark est un petit peuple qui ne peut compter pour vivre que sur le labeur le plus acharné.

Il me semble qu'une telle destinée a bien sa grandeur.

Plût à Dieu que ce petit peuple fît passer à la grande France un peu de sa volonté et de son courage !

A cette heure, elle en aurait grand besoin, je le déclare avec une tristesse infinie, et je crains fort qu'elle n'ait pas appris grand chose à l'école de son infortune.

Il en est, par malheur, de son domaine spirituel comme de son territoire géographique.

A côté de champs ou de vignobles d'une fertilité merveilleuse, capables de suggérer l'illusion d'une terre promise qui serait le grenier des anges, on rencontre çà et là d'immenses espaces privés de culture, des landes arides frappées, en apparence, de malédiction.

Tel est l'aspect physique de la France, tel est aussi son aspect intellectuel et moral.

Cette magnifique et chère patrie qu'on appelait autrefois *le plus beau royaume après celui des cieux,* a tellement l'habitude de ne pas mourir, alors même qu'elle paraît sur le point de rendre le dernier souffle ; elle se relève toujours si forte et si indomptable à l'instant précis où l'on se prépare à l'ensevelir, après avoir récité sur elle les prières des agonisants, — qu'on est bien tenté de la trouver excusable d'être incorrigible et d'avoir si peu de prudence!

Mais aussi, parceque je suis un de ses enfants et que je l'adore, vous devez comprendre aisément que j'envie pour elle les salutaires vertus de prévoyance et d'émulation que je remarque en votre pays.

*

Voyons! vous êtes venus pour m'entendre, n'est-ce pas? parceque je suis français, d'abord. J'aime à croire que vous vous seriez un peu moins dérangés pour un Algonquin ou un Patagon.

Ensuite, on vous a dit que j'étais un littérateur, un adversaire passionné du naturalisme. Eh! bien, on ne vous a pas trompés, tout cela est exact.

Vous êtes donc ici, je le suppose, pour écouter avec patience tout ce qu'il me plaira de vous débiter.

Vous êtes infiniment aimables, mais je dois vous avertir avec loyauté que les choses que vous entendrez sortir de moi seraient fort peu goûtées à Paris, dans certains milieux.

J'ai l'honneur de réaliser en ma personne, assez douloureusement parfois, cette affirmation de l'Évangile que *nul n'est prophète en son pays.*

Dès le début de ma vie littéraire, je me suis

présenté seul, presque désarmé, comme l'antagoniste et l'accusateur des plus puissants coryphées du Naturalisme. Les quadrupèdes les plus redoutables de cette école ont reçu mon défi et la guerre la plus inégale a commencé.

Je le répète, j'étais seul, absolument seul, puisque ceux même dont je défendais les principes ne voulaient pas de mon alliance, craignant de s'exposer à des représailles.

Il fallait avoir le diable au ventre, comme on dit en France, pour se lancer dans une pareille aventure.

*

Il fallait ne redouter ni les outrages, ni la calomnie, vaincre le silence, l'obscurité,... la Misère, braver jusqu'à la menace de l'*assassinat,* car il fut un jour question de me faire assommer par une dizaine d'excellents goujats.

On remplirait quelques volumes des accusations charmantes que portèrent contre moi des hommes, tels que MM. Zola, Goncourt, Daudet, Maupassant ou leurs caudataires.

Je ne fus pas assailli moins vivement par quelques autres brandisseurs de plume, parmi lesquels il me suffira de nommer Paul Bourget, qui sans appartenir précisément au groupe naturaliste, étaient néanmoins réprouvés par moi comme des disciples du néant et de faux artistes.

Bref, il fut établi que j'étais un coupe-jarret des plus notoires, une atroce et nauséabonde canaille, un voleur de grands chemins et même de petits chemins, un immonde bohême, un paresseux, un ivrogne, un mendiant ingrat, un calomniateur, — naturellement! — un égorgeur d'enfants innocents, un parricide, peut-être, un horrible et ténébreux sycophante couvert de sang et d'ordures, . . . car vous pensez bien que l'infamie probable de mes mœurs privées ne fut point omise.

On insinua même que je devais être et que j'étais à coup sûr, un séducteur des plus redoutables. Cette dernière accusation, j'ose l'avouer, ne me déplût pas.

Mais surtout, il fut démontré d'une façon péremptoire que j'étais le plus effroyable idiot qui se fût encore manifesté sous le firmament!

*

Tels sont les fruits de la guerre, quand on la fait aux naturalistes.

Il est presque inutile d'ajouter que ces choses gracieuses ne s'écrivaient pas toujours. On aurait eu bien trop peur de faire de la réclame à un homme qu'on se proposait avant tout d'exterminer par l'universelle conspiration du silence.

On se contentait de les murmurer à l'oreille du plus proche voisin avec prière de faire passer.

Mais j'étais un peu trop sonore pour que le silence et l'obscurité fussent éternels.

La foule entendait mon cri de bataille et me retrouvait toujours vivant et debout, quels qu'eussent été les efforts ou la perfidie des spadassins.

Quelques hommes de bonne volonté s'avisèrent enfin que je pouvais bien, après tout, n'être pas si abominable qu'on le prétendait et ils se mirent à ma suite.

Ainsi commença le groupe de réaction spiritualiste qui menace aujourd'hui d'une mort prochaine le Naturalisme à son déclin.

*

Car cette puissance redoutable est aujourd'hui sur le point de disparaître.

Le dernier roman de M. Zola qui vient d'être publié « *L'Argent,* » est un signe trop évident de son agonie.

La réclame des grands journaux n'en sera que plus active, n'en doutez pas. Je compte bien lire ici même dans les trois ou quatre feuilles parisiennes qu'on peut trouver à Copenhague, des comptes rendus saturés du plus délirant enthousiasme.

Une vente fabuleuse d'exemplaires sera notifiée chaque jour à l'univers entier. Mais le débit *réel* et non fictif de la marchandise démontrera surabondamment, à la fin, que ce même univers commence à se dégoûter d'une littérature d'abattoir qui ne peut exalter que la brute humaine.

Vous avez eu l'occasion de juger l'arbre par ses fruits. Une providence ironique a fait éclore parmi vous quelques écoliers du Naturalisme. On m'assure qu'ils sont même en assez grand nombre.

J'ignore malheureusement la langue danoise. Mais je sais ce que peut produire l'imitation de M. Zola dans une langue étrangère.

Un imitateur, c'est-à-dire un homme sans invention ni personnalité, ne pourra jamais reproduire que la configuration *extérieure* de l'artiste qu'il veut imiter. Cela, c'est une loi évidente et certaine établie par Dieu lorsqu'il créa le cerveau humain.

Or, si l'on suppose l'auteur de *Germinal* ou de l'*Assommoir* dépouillé des trois ou quatre facultés d'ordre supérieur qui constituent son tempérament d'écrivain, sa personnalité propre, que restera-t-il de lui, sinon l'objet *toujours matériel* qui fut l'ignoble substrat de sa préoccupation ou de sa vision?

Car j'estime qu'il serait injuste et déraisonnable autant que puéril, de dénier à Zola les qualités d'un puissant écrivain.

La tendance générale de son œuvre est abominable, sans doute, et voilà quinze ans que je voci-

fère pour le démontrer. Mais il n'en a pas moins
écrit de très fortes pages.

C'est l'avocat le plus éloquent de la fange humaine.

Que dire alors des malheureux qui ne peuvent
s'assimiler que son ordure et qui répandent brutale-
ment à l'étranger, comme si c'étaient des trésors,
les monstrueuses contrefaçons de notre fumier?

*

Je vous l'ai dit en commençant, j'arrive à peine
en Danemark et vous m'excuserez, j'espère, d'é-
prouver ici quelques étonnements.

Je viens d'assister, à Paris, au commencement
de la débâcle naturaliste dont j'avais été l'annon-
ciateur.

Le colosse est encore debout, il est vrai, mais
si vacillant et si ébranlé qu'on s'éloigne déjà de
sa base avec une certaine précipitation pour n'être
pas écrasé, quand il tombera.

Or, j'apprends qu'il se trouve en ce royaume de
bons enfants, de touchants garçons qui croient encore que cela va durer toujours et qui sont exactement au point où se trouvaient, il y a quinze ans,
les adorateurs de l'*Assommoir*.

L'énormité de ce retard me confond et m'épou-
vante.

J'ajoute qu'en ma qualité de Français naturellement inapte à la résignation de l'esprit, je m'afflige un peu d'une ignorance préjudiciable à l'honneur intellectuel de ma patrie.

Je ne voudrais pas enfin qu'on nous supposât éternellement les vassaux littéraires de M. Zola, de M. Daudet ou de M. de Maupassant, de qui s'éloigne la génération nouvelle et qu'on se. prépare à porter en terre.

*

Je faisais allusion, tout à l'heure, aux célèbres calamités d'il y a vingt ans. S'il fallait, par surcroît, endurer ce nouveau mépris, — ah! non, ce serait être par trop vaincus!

De toutes les anciennes supériorités de la France, quand elle était la régulatrice des peuples, une seule, en vérité, lui est demeurée, — la supériorité littéraire.

Pourquoi n'en conviendrais-je pas, puisque tout le monde le sait? La France est vaincue militairement et politiquement; elle est vaincue dans ses finances, dans son industrie et dans son commerce; vaincue encore scientifiquement par un tas d'étrangers dont elle ne sait pas même utiliser les découvertes; elle semble vaincue partout et toujours, depuis une vingtaine d'années que la racaille démocratique s'en est emparée. Elle n'a pas même su conserver la supériorité du vice!...

Ah! nous *paraissons* fièrement vaincus, archivaincus de cœur et d'esprit!

Nous jouissons comme des vaincus et nous travaillons comme des vaincus.

Nous rions, nous pleurons, nous aimons, nous haïssons, nous spéculons et nous sommeillons comme des vaincus.

Toute notre vie intellectuelle et morale s'explique par ce seul fait que nous sommes de déshonorés vaincus.

Nous sommes devenus tributaires de tout ce qui a quelque ressort d'énergie dans ce monde en chute épouvanté de notre inexprimable dégradation! ...

Telles sont, du moins, les choses funèbres que d'hostiles nations osent proférer contre la pauvre Souveraine qui les a tant de fois domptées!

Mais, quand même, une supériorité nous reste, incontestable, inarrachable, inégalable et absolue, — la supériorité littéraire.

Nous écrivons comme des victorieux!

Et cela suffit pour avertir les âmes profondes et pour notifier à toute la terre que, — fût elle étendue sur son catafalque, dans l'immense chapelle ardente illuminée de ses trois millions de lampes humaines, — la France n'a pas cessé de palpiter comme il convient à l'Impératrice des cœurs!

*

Elle n'est pas très maternelle, cependant, pour la demi-douzaine d'enfants merveilleux qui lui font cette suprême gloire dans son infortune.

On pourrait croire, n'est-ce-pas? qu'éperdue de reconnaissance, elle ne sait plus de quel duvet de phœnix renaissant capitonner le lit de ses poètes.

On devrait supposer au moins qu'elle les accable de richesses et d'honneurs et qu'ensuite elle se déclare tout-à-fait incapable de les récompenser comme il faudrait.

La vérité c'est qu'elle les invite simplement à crever de misère dans l'obscurité.

Les cinq ou six écrivains d'une incontestable magnificence à qui l'avenir appartient et qui apparurent en France dans ces derniers temps, ne sont même pas connus par leur noms à l'étranger.

La première place qu'ils devraient avoir est obstinément occupée par des trafiquants de lettres, par des romanciers sans conscience comme sans génie, exportés ou vantés de la façon la plus exclusive par nos libraires ou nos grands journaux.

J'ai visité quelques-uns de vos magasins de librairie. Je voulais savoir quels sont les livres français qu'on y peut trouver.

Ils sont, hélas! en très petit nombre et *toujours les mêmes*. Toujours les deux ou trois noms que je vous citais toute à l'heure, comme si c'était là vraiment la littérature française!

Ah! si vous saviez comment se pratique ce honteux négoce! Lorsque vous lisez, par exemple, dans le *Figaro*, l'éloge passionné d'un nouveau livre de M. Daudet ou de quelque autre saltimbanque, si vous appreniez que cette louange impartiale a été commandée par l'éditeur à l'administration du journal, — comme vous commanderiez un habit à votre tailleur, — et qu'elle a été payée *trois ou quatre mille* francs, je suppose que votre confiance diminuerait quelque peu.

*

Je voudrais donc, ne fût ce que pour l'honneur de mon pays, vous révéler exactement ce qu'on vous cache avec tant de soin.

Tel est l'objet des conférences littéraires que je prépare et auxquelles je voudrais convier toutes les intelligences distinguées qui peuvent se trouver à Copenhague.

Je l'ai dit avec une tristesse profonde, la France est bien malheureuse, bien abaissée, mais non pas autant qu'on s'efforce de le faire croire.

Il lui reste, malgré tout, une inconcevable grandeur et cette grandeur ne doit pas rester ignorée.

Par derrière les représentants trop célèbres d'une école déjà caduque et qui tombe en ruines, il y a toute un groupe vivant et fort d'écrivains français qui vont monter à la place de leur indignes prédécesseurs.

Quelques uns d'entre eux, je vous assure, sont très probablement appelés à restituer à la France un éclat incomparable. Comment n'auriez-vous pas le désir de les connaître?

La tendance de ces nouveaux venus est entièrement spiritualiste et c'est pour cette raison que l'avenir leur est assuré.

La guerre de l'esprit contre la bête, cette guerre vraiment sainte et sacrée dont j'ai l'honneur d'être vétéran, vous sera fidèlement racontée par moi si vous me faites l'honneur de m'accorder un peu de confiance.

Je ne sais si l'orateur sera digne d'un tel sujet. Mais pensez-vous qu'il y ait un drame plus intéressant pour tout être humain qui n'a pas abdiqué la faculté de penser?

Voulez-vous permettre qu'avant de nous séparer, je vous lise quelques pages détachées d'un prochain livre que je suis sur le point d'envoyer à mon éditeur?

J'ai nettement intitulé ce volume de critique, „BELLUAIRES ET PORCHERS" c'est à dire ceux qui domptent les bêtes féroces et ceux qui gardent simplement les porcs.

J'ai voulu réaliser comme un essai de confron-

tations littéraires aussi complet et aussi équitable que possible.

Ce que vous allez entendre est tiré de l'introduction.

*

„Il y a deux sortes de triomphants: les Belluaires et les Porchers.

„Les uns sont faits pour dompter les monstres, les autres pour pâturer les bestiaux.

„Entre un chef de guerre conduisant ses fauves au viandis et un affronteur d'agio poussant les foules à la glandée, on ne peut trouver aucune place pour une troisième catégorie de dominateurs.

„L'histoire du genre humain ne dénonce pas d'autres victorieux.

„Les endurants martyrs de la Foi qui foulèrent le visage antique et sur lesquels la rhétorique des siècles a tant écrit de sentimentales métaphores, furent, au fond, des conquérants terribles, talonnant un Maître qui s'était déclaré Lui-même porteur de glaive et d'incendie et qui les avait embauchés comme des vendangeurs.

Ils se ruèrent, ondoyant le globe de leur propre sang, à l'assaut des peuples, et le Christianisme conculcateur qu'ils ont enfanté, peut dire aujourd'hui comme le César de Suétone: „Je suis le belluaire fatigué de cet empire!"

„Il est, en effet, bien agonisant à cette heure et

paraît tout à fait sans force, — le vieux Credo,
— mais dût-il ramper à l'instar des lions décrépits
sous le sabot d'un million de brutes, il n'en resterait pas moins le titulaire éternel de la Majesté
et de la Souveraineté parmi les hommes.

„Les Artistes sont façonnés à la ressemblance
de ce Rétiaire des nations et ils furent élus pour
partager son destin.

„Il faut qu'ils naissent enfants de douleur et
qu'ils soient conclamés sur un pavois d'immon-
dices. Puis, quand leur tâche d'Alcides est achevée,
il est tout à fait indispensable qu'on les exproprie
de tout salaire et qu'ils succombent à la fin sous
le piétinement des troupeaux en marche.

„Car les Porchers ne sont jamais loin et ceux-
ci peuvent se vanter d'être des heureux!

„Ils savent la langue des bêtes pour les gou-
verner et en vivre et quand les puissants du cœur
ou de la parole sont définitivement tombés, ils se
partagent leurs dépouilles en chantant victoire.

„Comment ne supplanteraient-il pas ces infortunés
serviteurs de la Justice et de la Beauté, honorés
seulement d'une imperceptible élite et que Dieu
semble avoir mis au monde pour être pilés dans
tous les mortiers?

„Les Porchers en littérature sont les habiles et
les épouseurs de leur ventre dont le cœur est une
pierre d'évier et le cerveau un trottoir pour toutes
les idées publiques.

„Ils ont l'exécration des larmes et l'alvine gaîté
de l'indifférence. Ils méprisent le Rêve et n'ont
aucune soif de la Justice, ni de la Foi, ni de
l'Espérance, ni du grand Amour. Ce n'est pas eux
qui frémiront généreusement devant un martyr et
qui prôneront jamais la splendeur d'un holocauste!

„Aussi les multitudes leur appartiennent et les
suivent et lorsque, par miracle ou surprise, un véritable grand homme a pu capter un instant l'at-
tention du monde, ils ont bientôt fait de le dé-
loger de ce triomphe éternellement précaire et de
s'installer à sa place pour y avilir jusqu' aux dé-
jections de sa pensée!

. . . .

„Mon Dieu: l'Art est une chose vitale et sainte
pourtant!

„Dans l'effroyable translation „de l'uterus au sé-
pulcre" qu'on est convenu d'appeler cette vie, com-
blée de misères, de deuils, de mensonges, de dé-
ceptions, de trahisons, de puanteurs et de catastrophes; en ce désert à la fois torride et glacé du
monde, où l'œil du mercenaire affamé n'aperçoit,
pour fortifier son courage, qu'une multitude de croix
où pendent, agonisants, non plus les lions de Car-
thage, mais des ânes et de dérisoires pourceaux
crucifiés; dans ce recul éternel de toute justice, de
tout accomplissement des réalités divines; attiré par

l'horrible humus dont ses organes furent pétris; convoité, comme un aliment précieux, par toutes les germinations souterraines; sous le planement des aigles du charnier et des corbeaux de la poésie funèbre et sentant, avec une angoisse sans mesure, ses genoux plier à chaque effort; — que voulez-vous que devienne un malheureux être humain sans cette lueur, sans cet arome subodoré des jubilations futures?

„Tout nous manque indiciblement. Nous crevons de la nostalgie de l'Etre. L'Eglise, qui devrait allaiter en nous le pressentiment de l'Infini, agonise, depuis trois cents ans qu'on lui a tranché les mamelles. L'extradition de l'homme par la brute est exercée jusque dans les cieux. Il ne reste plus que la louve de l'Art qui pourrait nous réconforter, si on ne lapidait pas les derniers téméraires qui vont encore se ravitailler à ses tétines d'airain.

„On a beau dévaliser les âmes et détronquer l'homme; après tout, il resterait à décréter son abolition pour que disparussent tous les ferments de l'incompressible idéal qu'il porte en lui et que la plus sacrilège éducation n'élimine pas. Aucun degré d'avilissement ne peut être calculé pour prévaloir contre la nature.

„Aussi longtemps que subsistera la race douloureuse des enfants d'Adam, il y aura des hommes affamés de Beau et d'Infini, comme on est affamé de pain.

„Ils seront en petit nombre, c'est bien possible·
On les persécutera, c'est infiniment probable. No-
mades éplorés du grand Rêve, ils vagueront comme des Caïns sur la face de la terre, et seront
peut-être forcés de compagnonner avec les fauves
pour ne pas rester sans asile.

„Traqués ainsi que des incendiaires et des em-
poisonneurs de fontaines, abhorrés des femmes aux
yeux charnels qui ne verront en eux que la gue-
nille, invectivés par les enfants et les chiens, épa-
ves affreuses de la Joie de soixante siècles, rou-
lées par le flot de toutes les boues de ce dernier
âge, ils agoniseront à la fin, — aussi confortable-
ment qu'il leur sera donné de le faire, — dans des
excavations tellement fétides, que les scolopendres
et les scarabées de la mort n'oseront pas y visiter
leurs cadavres!

„Mais, quand même, ils subsisteront pour déses-
pérer leurs bourreaux; et comme la nature est in-
destructible et inviolable, il pourrait très bien arriver qu'un jour, — par l'occasion de quelque sur-
prenant baiser du soleil ou l'influence climatérique
d'un astre inconnu, — une exceptionnelle portée
de ces vagabonds, inondant la terre, submergeât
à jamais, dans des ondes de ravissement, cette
avortonne société de sages goujats qui pensaient
avoir exterminé l'aristocratie du genre humain!"

*

Ne vous semble t-il pas, comme à moi, que la littérature envisagée de la sorte est quelque chose de prodigieux?

Considérez qu'il s'agit, en somme, de l'âme humaine et de ses intérêts immortels.

Un homme de l'esprit le plus éclatant faisait, un jour, cette observation.

Le singe que les nouvelles écoles scientifiques tiennent absolument à nous donner pour ancêtre, le singe s'assied devant le feu comme un homme, il présente comme nous ses mains à la flamme et il exécute certaines grimaces de plaisir qui complètent parfaitement l'illusion, mais . . . . dans les siècles des siècles, il n'avancera pas un tison.

Il laissera le foyer s'éteindre, en gémissant et se dépitant. Il poussera même des hurlements de désespoir en grinçant des dents. N'importe, il n'accomplira pas le geste infiniment simple de jeter du bois ou de rassembler les charbons.

Pourquoi donc cela? C'est que le jour où les bêtes seraient en possession du feu, la terre deviendrait aussitôt inhabitable pour l'homme.

*

Eh! bien, quand je me suis opposé au matérialisme contemporain, je n'étais, après tout, qu'une sentinelle.

C'était pour sauver le feu sacré de l'âme humàine que je combattais nuit et jour, c'était afin que les bêtes malfaisantes et ténébreuses ne s'en emparassent pas.

C'était, au fond, pour l'honneur de Dieu qui a créé l'homme à son image en lui soufflant cet esprit de vie que tous les poètes ont comparé à une flamme lumineuse et pure dont le cœur de chacun de nous est l'autel vivant!

*

A cette hauteur, il ne s'agit même plus de patrie. Les grands écrivains et les grands artistes, ceux qu'on a toujours nommé des flambeaux, appartiennent au genre humain sans distinction de frontières ou de nationalités.

Si la France a le privilège d'avoir donné à la terre un plus grand nombre de ces artisans du Sublime, tant mieux pour elle et tant pis pour les animaux jaloux.

Mais elle a le devoir de ne pas cacher sa richesse aux autres nations.

J'ai donc pris sur moi d'en être, en son nom, le divulgateur, en vous suppliant, à l'avance, avec une humilité sincère, de vouloir bien pardonner à l'insuffisance de mes discours.

Léon Bloy.

DU MÊME AUTEUR:

EN PRÉPARATION:

Belluaires et Porchers.

Copenhague. — Imprimerie Nielsen & Lydiche.

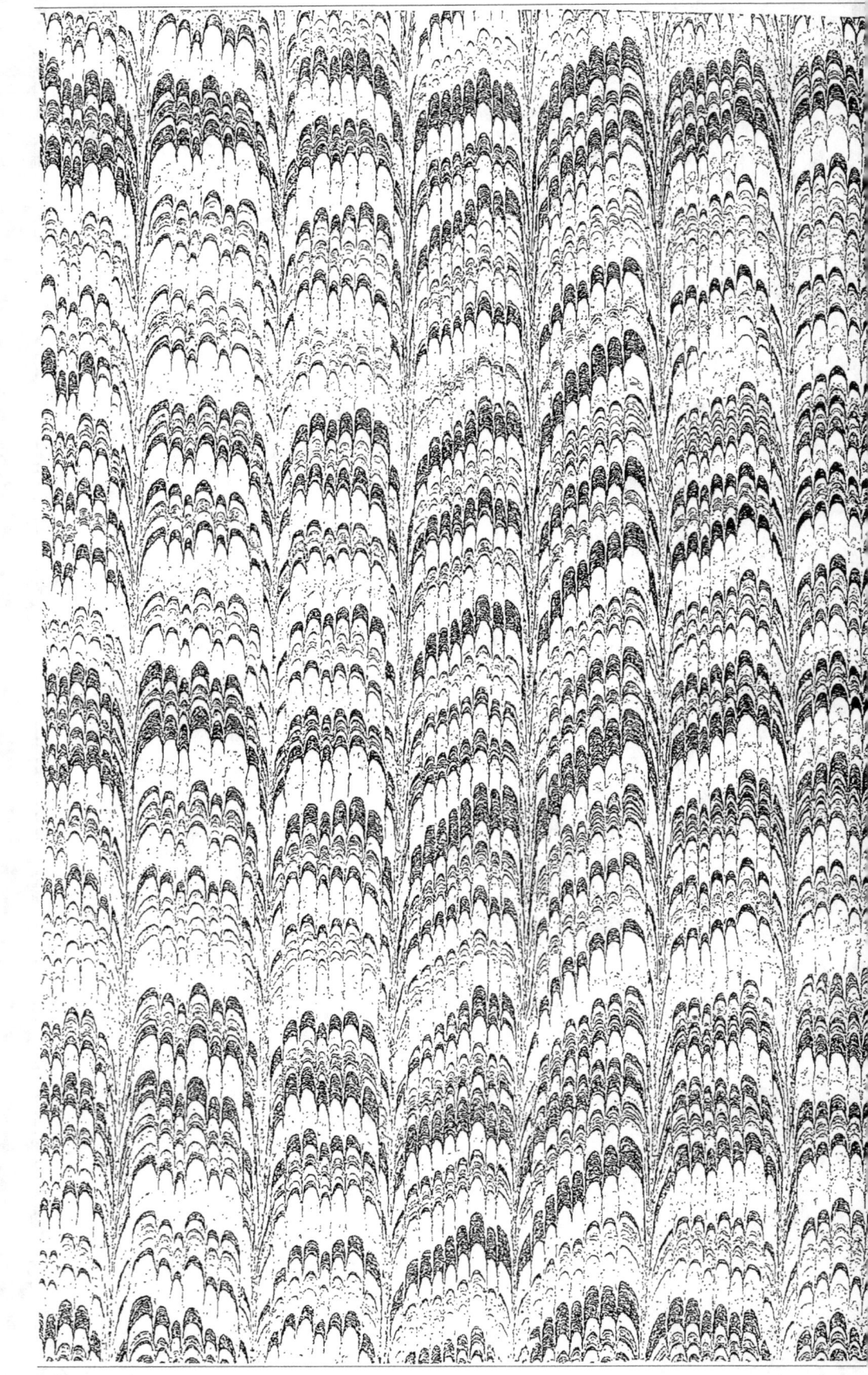

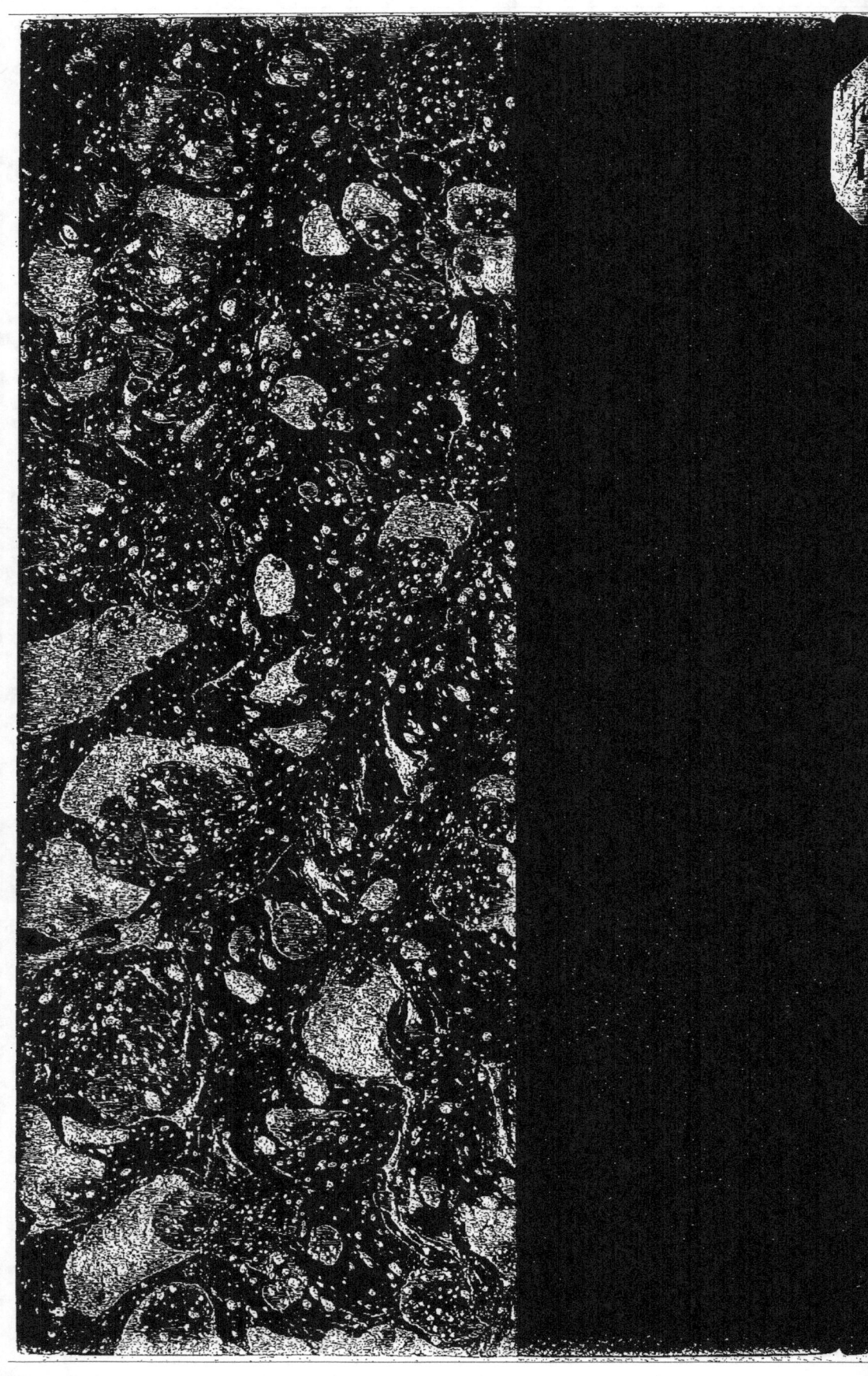

LÉON BLOY · LES FUNÉRAILLES DU NATURALISME

1891